OS DIAS

Weydson Barros Leal

OS DIAS

TOPBOOKS

EDITOR
José Mario Pereira

EDITORA ASSISTENTE
Christine Ajuz

REVISÃO
Autor

PRODUÇÃO
Mariângela Felix

CAPA
Miriam Lerner

DIAGRAMAÇÃO
Arte das Letras

CIP-BRASIL. CATALOGAÇÃO NA FONTE.
SINDICATO NACIONAL DOS EDITORES DE LIVROS, RJ.

L473d

Leal, Weydson Barros
Os dias / Weydson Barros Leal. – 1ª. ed. – Rio de Janeiro: Topbooks, 2014.
121 p.; 20 cm.

ISBN 978-85-7475-247-1

1. Poesia brasileira. I. Título.

14-18166 CDD: 869.91
CDU: 821.134.3(81)-1

Topbooks Editora e Distribuidora de Livros Ltda.
Rua Visconde de Inhaúma, 58 / gr. 203 – Centro
Rio de Janeiro – CEP: 20091-007
Telefax: (21) 2233-8718 e 2283-1039
topbooks@topbooks.com.br/www.topbooks.com.br
Estamos também no Facebook.

SUMÁRIO

Posfácio

Para Izabel e sua presença carregada de recordações.

O VISITANTE

O visitante retorna após o habitual.
A casa, começo a acreditar, é o seu retiro.
Poderia dizer que a volta se dá
por causa da música,
uma entidade em seu peito,
maior que os impulsos
que fazem dos olhos a outra mão do tambor.
O certo é que o visitante surgiu
e apontou para a janela.
A vida em coisas tão simples
quanto o vestido da moça,
a vida tão breve
quanto a história de um corpo.

Assim como a sombra que
confirma a vida,
um corpo morto esquece o seu ângulo.
Em seu rastro de pólvora
a imagem resiste
entre o grão e a amplitude.
Agora a sua possibilidade
é uma potência,
como o peso da morte
sobre a dor do outro.
O visitante ignora tudo isso.

Para ele, a morte é o que a vida inventou
para esquecer seu espelho,
é a bagagem deixada
por quem seguiu sem lembranças.

Um vizinho sentirá o mau cheiro e chamará a polícia.
A vida fechou aquela porta, é o que dirão,
agora é só o corpo, uma sacola vazia
de gestos e palavras.

Feitas as ressalvas,
considero plausível a prostração do êxtase
diante da primeira Judith.
Sua nudez arrasta os enfermos
ao último degrau do Elísio,
onde serão fulminados
como uma árvore numa pedra.
Eis o efeito da beleza que há gerações
aprisiona o incauto adorador, a vítima sensível,
o candidato ideal para um punhado de cinzas.
Com seu olhar amoroso e a piedade
de um ritual herético,
vejo aos seus pés os fracos de alma
e os que sucumbiram
ao último nó do chicote do juiz.
Eu sei do que estou falando.
Adele Bloch-Bauer também é o útero
onde crescem as nossas dores.
Ali dorme o feto de Danae
que honrará a companheira.

Os primeiros raios de sol trouxeram para a sala
a presença do Kapellmeister.
Não há para este começo melhor tradução
do que seus concertos para oboé.
A enorme distância entre o recato de Bach
e as camisolas de Klimt é só uma ilusão:
a altura reconhece a águia,
e no chão tocado pelo sol
os pilares do tempo são medidos pelas sombras.

O movimento da luz tem algo da insônia
nos olhos de Schiele.
Sinto o cheiro das laranjas
nas pernas frescas de suas mulheres.
Que outra manhã terá despertado
a composição de sua paisagem, o tempo
anteposto ao lugar?
Num canto do quarto Egon se esgueira
com seu olhar inquisidor.
A perversão por que foi condenado
era o crime secreto dos seus censores,
costume de casa
na angústia do magistrado.
Em sua memória,
Bach conduz a orquestra
erguendo as mãos até o teto da cela.
O teto branco do pensamento
também aguarda algum gesto.
Por enquanto todas as paredes
estão coalhadas de recordações.

Em cada janela há uma vazante de luz:
por ali são levados
os que tentam agarrar-se aos dias.
A imensa tela espera os pincéis
que o tempo sabe usar.
A solidão e seu linho tão branco
que tudo suporta
entre o sonho e o piso das coisas.
Nesse silêncio
as paredes evitam o diálogo,
mas o preso escuta o que dizem,
e com um novo silêncio
responde aos que calam.
São vermelhos tão fundos
como as túnicas de Toledo.
Os azuis daquele grego
contariam desse céu.

Os dias sabem que seu manto
cobre santos e assassinos.
Há ainda esse dom
de escrever sinfonias,
uma forma de humanismo
além do amor pelo outro,
inundando os ouvidos
com o bálsamo de um oboé.
A nossa existência
também se fez na mansarda
onde dormia o maestro,
e assim nos dourados de Klimt
e na cela de Schiele.

A permanência como um espelho
no meio da multidão, como
aquele que se vê
na passagem refletida,
como a ausência de moldura
nas ressonâncias do vazio.
E tudo ter nascido na urdidura dos sonhos
que contornam a finitude,
desenho que aos poucos
se apaga
quando a sombra já é outra.
A pele traduz o relógio
e o corpo arrasta os chinelos
sobre a madeira que range.

De repente,
o corredor alcança a porta.
Os comediantes esperam
em torno da mesa: escutam o oboé
diante da fotografia.
Ao lado da porta permanece a voz.
Os velhos medos ainda dormem
no confessionário das gavetas,
as dúvidas esperam sobre o cavalete.
Há um burburinho na sala.
Os comediantes querem fazer do lugar
a cripta dos incêndios: para eles,
o amor era o pecado
que zombou do próprio espelho,
e depois, como em toda queda,

a carne foi confrontada pela salvação
e só restaram as cinzas.

O corpo escultural da moça vesga
ainda dança sobre a mesa.
Essa cena atravessa duas décadas
desde a praça em que ela me confidenciou
os seus planos: diante de sua nudez
todos os homens encontrariam a visão
como em San Luigi dei Francesi,
onde ela mesma caíra de joelhos
diante das sombras de São Mateus.
O corpo da vesga era demasiado perfeito
para certas fraquezas,
e mesmo sob o risco da impermanência
era possível ver as tatuagens
em suas coxas de árvore.
Naquela sala o tempo não conhecia
a urgência dos relógios, os truques da blasfêmia,
a laicidade com que o sagrado
era petrificado em nossas conversas.
Corriam as prateleiras
passados e sincronicidades
que nos identificavam com a vida.
Era o que eu fazia quando cruzava as tesouras
sob as águas de telhas,
e tudo era o contorno que agora, definitivamente,
nos escapa.

De costas para aqueles livros,
de mãos dadas com os comediantes,
Jacob Von Gunten apontava para os cisnes
ao lado do pequeno Törless,
e os meninos sorriam
como se fossem gigantes.
Por isso a certeza
de que ali, neste exato momento,
eles escutam os mesmos concertos.

Algo como uma faca permanece dormindo
dentro dos livros,
cada página será lida
como na primeira audiência,
e os dois lembrarão desse dia
como os olhos da vesga
diante das luzes de Caravaggio.

Para a nova piscina
os meninos acompanham os primeiros testes.
Os homens não têm a sorte dessa piscina, diz o menor,
seus corpos são postos à prova em mar aberto,
não há o gradil ao redor do coração
que sobrevive quando a água
já deixou suas marcas.
É preciso estar seguro
como dentro de um útero.
Mas o teste é muito lento, talvez
demore décadas,
e no fim apenas os mortos
lembrarão do mergulho que nunca recomeça.

Sobre a mesa a Jurisprudência de Klimt
absolve os demônios.
Jacob von Gunten lambe o livro com os dedos,
toca as páginas devagar, alisa sua carnadura,
e afirma que nem toda a história dos homens
terá mais verdade do que uma pintura de Bruegel.
A poesia ali é a verdade
soprando as sombras da montanha.

Anoto a construção dessa janela
acompanhando-a como se cuidasse de uma árvore
que cresce aceleradamente.
Acredito que o tronco está a meio caminho.
Quando atingir sua copa
perderei a minha montanha.

Para além do deserto dessa rua molhada,
há uma caverna de angústias com rios de gente:
é a mina da realidade.
Os garis garimpam seus restos,
entregam as contas os carteiros cansados,
e o preço do ingresso
é cobrado em cada esquina.
O esqueleto do edifício
sustenta as abstrações do céu,
mas lá embaixo, em suas íntimas entranhas,
o corpo é mais frágil do que todas as imagens,
tem mais nomes do que o ápice de Alexandria,
mais palavras do que o seu provável enredo.

Na rua a verdade é tão fértil
quanto no fundo das gavetas.
Os guarda-chuvas abertos são o sinal:
dissolvem-se no asfalto quando vistos de cima,
e isso é só um truque
com o qual o visível diverte a sua ciência.

Em tudo há ainda o canto do pássaro:
na cabeça da estátua, no meio da calçada,
no dorso de bronze do cavalo.
E assim a paisagem escolhe
a quem se dedicar.
Desses estranhos episódios
Schubert extrai suas sonatas e improvisos.
Essas portas são seus passos
até o alto da montanha,
são os terraços de Sand
de onde Delacroix escutava
a solidão de Chopin.
A nossa virtude
é a manutenção dessa corrente,
é o elo que não se dissipa
como os que antes não o ouviram.

Do outro lado da mesa
a moça se diverte
com o leque de cartas.
Há um mistério intrigante
na heráldica que sustenta.
Com um riso nos lábios
ela beija o peito do rei.

Os cadernos renascem,
mas nem a chuva nem os pássaros
podem reproduzir aquelas notas.
Pousando as mãos sobre a mesa,
ela aponta para o artista e
maldiz o piano com um olhar de criança.

O visitante retorna.
Por um momento vejo-o de perto.
Ele alterna com silêncios
os movimentos que inventa,
mas é a poesia
o seu porto alcançado.
Na piscina os nadadores avançam
como num quadro de Hopper.
Deve haver uma prescrição
para tanta regularidade.
Um deles ancora
e flexiona os braços.
Será isso um tipo de mantra
que só os músculos conhecem?
O azul como elemento da vida
nos cálculos de retorno,
nos meios para a recordação.

Eis o paraíso perdido
nos desenhos dessa louça.
Os chineses sabiam que a arte
era mais do que
chinoiserie.

O que serão essas árvores
diante de tantos telhados?
Se olhassem de minha janela,
fariam uma louça escarlate.
Aqui há demasiados azuis, o verde
às vezes predomina,
embora roubado aos poucos
pela fome de arquitetura.
Tudo, afinal, é uma forma
de tempo,
assim como o chá
que realiza o propósito dessa xícara.
Em algum lugar
alguém imaginou essa hora
e pintou a porcelana.
É o livro improvável
da história dos planetas:
em seus cálculos não há previsão
para o nascimento das órbitas,
apenas um plano
para o desenho de um jardim.

Schopenhauer não trataria
de algo tão passageiro, é claro,
mas a sua graça está nisso, numa ironia
cuja realidade é ela própria
a se olhar no espelho,
sabendo que só o seu cachorro
compreende tanta adoração.
Se a necessidade estimula os inventos,

há de surgir outro corpo
para tanta necessidade.
É a lei do que falta.
E tudo ser a iminência do abismo
que se perde na perspectiva, algo que só vemos
nas estradas do deserto.
Depois, como acontece com as coisas estranhas,
lembramos de um rosto e não sabemos o nome.
É preciso hidratar a memória
com os cuidados de uma pele abstrata.
Aquela criança tinha algo de luz,
e hoje os que acreditam em transcendência
devem lembrar do espírito que parecia um menino.
Dentro do avião ele perguntava aos desenhos
qual seria o próximo passo.
A mãe ignorava
fogueira tão nítida,
mas prometeu prestar atenção
no que foi predito pelo homem ao lado.
Não sei até quando a visão daquela estrada
ficará nesses registros como a imagem de Micenas,
mas resiste a solidão da moça
que deixou em meu relógio o seu encanto pelo tempo.

Por que parar este pulso
se o relógio continua a bater?
Se seguirmos indefinidamente
a estrada voltará ao deserto ou, com alguma sorte,
encontrará o mar.
Sempre voltamos ao começo.

Refiro-me ao primeiro passo, de preferência
em outra direção.
Não temos a frieza dos relógios — não se pode ter tudo —
mas dizem que os lobos se reúnem
com objetivos definidos.
É preciso ouvir os relógios como os abismos do jarro.
Por trás de sua aparente indiferença,
o visitante traz sempre uma melodia,
um ritmo que desperta na calmaria do quarto.
Eis o relógio. Como os braços de uma locomotiva,
o seu cerzir nos arrasta
sobre pesados dormentes.
Já tentamos isso antes: algo parecia inaudível
como o fim do amor, mas escutamos a costura
que insistimos em guardar.
Sua música tem a sincronia de um cortejo —
festa que como uma orquestra
relembra o maestro como a razão de tudo.
A cor dessa distância parece dialogar com os lieder
que há anos se repetem sem qualquer melancolia.
A repetição é o inferno do que te emociona.
Por isso é preciso mudar
como fazem as coisas novas.
Entre o atlas e essas fotografias,
dos idiomas antigos até o ângelus de hoje,
toda imagem é um começo que será encontrado.
Não sabemos decifrar símbolos, runas, cabalas,
mas o ódio da moça se confunde com o medo.
Alguém dirá que o visitante
não suporta tantas vozes.

Sua desolação pode ser esse mantra,
como os arpejos de um órgão
numa catedral vazia.
As imensas colunas escoram as bordas
de sua conformação,
e talvez o abade acabe com isso mais cedo.

A conversa deveria prosseguir
como o fluxo de uma paliçada,
como uma cirurgia
que exige o paciente acordado.
É preciso lembrar outros nomes,
as cores dos olhos do cão, o vento sobre a vela
de seu primeiro amor.
É o risco que se corre ao lembrar da vida,
pois nem todas as camas que a moça frequenta
secariam sua alma na solidão daquele quarto.
Alguns hóspedes recorrem ao telefone,
procuram as janelas,
e o que falta não chegará na bandeja
no horário estipulado.

Mas fizemos o esperado.
Recordo o começo do dia, o talo da manhã
desabrochando do carvão.
A música agora é para uma luz específica,
como um fundo ou
uma sustentação.
Nesse pequeno quarteto
há uma flauta, um cravo e um fagote.

O outro é o silêncio.
Por um instante uma voz de soprano
soa quase como um esquecimento.
Um certo Antoine escreveu essas notas
no meio de um dia,
não é coisa para madrugadas.
No fim, tudo estará aquém
de qualquer coisa de Haydn.
Papa Haydn sabia das coisas.
Agora ao lado da cama
dorme o livro terminado.
Dos empenhos de Walser este foi o primeiro
há aproximadamente nove anos.
A gênese do intruso está ali,
é o que sei.
O intruso nasceu nessa vila, é fruto
do encontro de Walser com a estupefação do acaso.
Após ter abandonado os Tobler, aonde chegara
depois de sua experiência com Dubler,
o ajudante foi dar com os costados — como dizia —
nos portões de um outro nascimento.

Lembro Miss Moore falando sobre a memória
e seu verniz de ziguezague.
Pois bem. Olho pela janela e dessa altura improvável
vejo um ziguezague.
Miss Moore e suas invenções arquitetônicas
que também influenciaram o outro.
Miss Moore e seus títulos
como primeira frase,

sua sintaxe incompreendida
como agora.
Sua poesia é a afirmação das pontes,
é a asa de libélula cuja
transparência
lembra o verde raro de certos besouros.
Miss Moore
continua a novidade de Homero e a revolução
de Rimbaud.
Sua poesia não é o verniz do ziguezague,
mas a altura que reflete
o sol dessa manhã.

AS MANHÃS

Como a luz das madrugadas que tantas vezes
flagrei mordendo as frestas,
riscando o chão e
escorrendo pelos móveis
ao inundar as gavetas,
o resto dos dias chegava aos poucos,
bocejando suas sombras como se arrasta um cadáver.

Aqueles com quem eu trocava olhares
não levavam qualquer traço de alegria,
cada um com seus mortos
às costas,
seus pesos a tiracolo,
e aquilo era só a vida despertando nas pernas
que como peixes se multiplicavam.

Depois de deslizar a mochila
pelas escadas da estação,
eu pedia um café
no balcão de pedra gelada
para confirmar aos meus ossos
que eles também testemunharam os relógios.

Em dias como esses
eu escuto da garganta do elevador
as rodas da mochila que o meu pequeno vizinho
leva para a escola,
quando uma voz de mulher ignora as paredes
e acusa-o de esquecer-se do tempo.

Em outra época
não haveria o seu silêncio,
a bolsa de livros era tombada
como o peso de um cadáver,
e talvez esta fosse a primeira lição da infância:
o tempo irá pesar
como se de algo sempre te arrependesses.

Por isso no cinema da escola
aquele filme também era para ti, Carol Boger,
quando tocávamos nossos braços
sentindo o corpo tremer
porque não entendíamos o velho enredo.
Hoje lembro de nós quando vejo o louco
que passa na rua e tenho vontade de segui-lo.
Ainda ontem ele me revelou aos gritos
que eu era exatamente como ele imaginava.

Mas nem por isso eu voltarei, Miss Boger,
para a América que conheci naquele ano de 1979
nos arredores de Paul Harding
High School: aquele lugar não existe mais
em sua utópica liberdade.

Não voltarei para a América que traiu seu
destino de pássaros e inundou o planeta
com seu medo impuro;
não voltarei para a América dos atiradores
de escolas e shopping centers,
todos orgulhosos da força
que a bestialidade dispara;
não voltarei para a América que multiplica
fortunas nas mesmas cidades onde seus filhos
morrem de fome e frio,
humilhados;
não voltarei para uma América distante e acuada,
que não é a América de Whitman,
altivo em seu amor diferente e
ainda maior;
que não é a América de Pollock,
de Wahroll, de Basquiat,
que viram as fogueiras que habitam o belo
e sua explosão iluminada de conceitos;
que não é a América de Gershwin,
de Porter, de Bacharach, que disseminaram sua música
multiplicando sementes;
América das paisagens brancas
e dos lobos do Alasca;
América do mar do Hawaii e do céu de suas ilhas;
América das pedras altas
do Tennessee e North Carolina;
América das planícies amarelas
de Indiana e Ohio;
América das águas de Michigan, Ontario e

Pontchartrain,
seus mares interiores;
América das gargantas do Grand Canyon,
das areias e
do sol de Mojave;
América da poesia de Stevens, Williams,
Crane e Ashbery,
colunas do orbe de uma outra modernidade;
América de Ginsberg, Burroughs e
Kerouac, santos incendiários
de cada estrela daquela bandeira.

De qualquer jeito — penso agora —
terei vivido esta manhã
como o menino para quem o mundo
parecia uma despedida
e estávamos sempre a um passo
do que hoje não sabemos recordar.

E assim, num outro Café, a pedra fria do balcão
me lembrava os vidros do carro
que pelas manhãs eu raspava à beira do Danúbio,
e por alguma razão
isso me trazia o sol da antiga praia
com suas barras de gelo entre garrafas coloridas
sobre os trilhos vincados na areia molhada.

Algum tempo depois, eu e M. já andávamos
de mãos dadas nas calçadas da Champs Elysées
cantando os refrões da Traviata
como dividíamos a cidade e talvez essa recordação.

A multidão que passava por nós
fingia não perceber aquele estranho pacto,
enquanto eu revia Izabel
nos dias em que a ouvira tocar os cadernos de Chopin
e repeti-los à exaustão;
Izabel e seu amor pela música
que também andava comigo pela Champs Elysées;
Izabel e suas definições para os Noturnos
que eram a justa medida de seu coração.

Como a sombra dos grous
sobre o corpo de Íbico,
eis o mecanismo da memória e seus
redemoinhos de cruzes,
onde algumas são lembradas
e outras não têm sequer uma verdade.
No olho do furacão
rodopiam casas aonde o sono
é a desordem vista por dentro,
e lá embaixo,
bem longe do começo, o carrossel um dia há de parar
onde as crianças esperam na fila.
É o jogo que se joga,
e se alguém perdeu a viagem,
era só um corpo dentro de uma vontade,
mas que em breve terá seu endereço.

Naqueles dias M. lembrava das óperas
que escutávamos entre risos e silêncios, e as árias de Carmen
eram nossos hinos iluminando bandeiras.

Isso também era a pianista
que amava Chopin
e me ensinara a entender Liszt com aquele concerto
patético e suas alusões beethovianas.
Aquelas notas atravessaram de luz
a Place de l'Étoile até o Reveillón de 1991,
onde essas cenas se misturam
com as mulheres a quem desejei
um amor em Veneza ou férias em Florença,
o que seria mais justo do que gastar suas vidas
como anúncios de minha admiração.

Algo sempre é mais breve
do que deveria
ou tarda além do que podemos esquecer.

Em uma outra dimensão
nunca sabemos o que estamos a vivenciar
ou o que foi apreendido nos corredores da infância,
quando entendemos que a água fervente endurece
os ovos e amolece as batatas,
ou os perigos com que pregos e parafusos
confundem os nomes
que ficarão em nossa memória.

Assim as leituras que voltam aos olhos
como as duas mulheres que observam
a carteira de couro usada pelo homem no balcão
e isso reacende amores cruzando mapas e portões.

Basta olhar em volta,
no chão ao redor da mesa,
e sob a tinta mofada dos diários de bordo
encontraremos antigas salvações,
além da amante indo embora
      pela porta da cozinha e nos dizendo
que assim será feliz como as paredes
sem quadros, sem nomes, sem nada.

      O dia finalmente acorda
sob a dança de uma chuva
que lembra um véu de andorinhas.
      Manhã dormente
como um peixe sob a lua,
manhã de convés perto do porto,
manhã que acende a claridade
como chegam as estradas
às pequenas cidades.

      M. não parecia com Z., a louca,
que na estação do metrô sorriu
      com seus demônios em correntes
deixando sobre os trilhos
as chaves de um casamento falhado.
      No pescoço das horas tudo aquilo
latejava como a guerra do primeiro peixe
atirado na caixa de gelo sob o céu das
      gaivotas com seus bicos de espada e
as asas desabotoadas pelo vento.

Depois foi estranho
chegar nas recepções dos hotéis
como à beira de um monturo
e alcançar a porta de uma mesma ilha.
    Talvez o que Z. no fundo desejasse
era apenas a aventura de um naufrágio,
exatamente como aconteceu a K., a dançarina,
que logo depois traduziu seus arroubos de infidelidade
com a mesma angústia do albatroz de Baudelaire,
cambaleando como um bêbado
entre os postes e os travestis
    de uma esquina de Copacabana.
    Não sei se o ritmo da fala,
as dissonâncias do idioma ou as altas
frequências de seus gemidos de êxtase conduzem
a essa penumbra, mas ambas,
entre os lados de uma mesma fome,
fundem-se como as luzes do farol
que tombaram o albatroz
    entre os peixes e os anzóis.

    Sob os álamos dessas lembranças
um saxofonista de calçada
engasga o seu último acorde,
    e como o peso das coisas escusas
um silêncio ainda reverbera o meu segundo
encontro com Z., a louca,
naquela esquina atulhada de passantes
como uma Niagara de carros e pedras acesas.

Horas antes,
ainda no meio da tarde,
eu cruzara na mesma avenida com Paulina
Bonaparte e seus olhos de lua lírica:
com gestos quase adormecidos
ela sacralizou aquele asfalto
    e me deixou ler em seu rosto
a delicada solidão dos abismos de um homem.
    Mais tarde Paulina me disse
que havia ido
ao cinema sozinha
e lamentou eu não ter parado o carrossel.

    Diferente de Paulina, meses antes
Z. já encontrara no sexo variado a alegria
que nenhum brinquedo
poderia trazer
à mais ingênua criança.

    Hélas!, talvez não seja bem assim.
Refiro-me aos brinquedos.
    Pois havia as contas a pagar,
os compromissos
com as expectativas alheias,
que nunca são menores
do que a nossa angústia na manhã que recomeça.
    Aqueles filmes baratos,
vendidos como se fossem a mais sofisticada
perversão erótica,
faziam companhia a Z., a louca,

uma companhia silenciosa como os brinquedos
mantidos entre os gritos
e os gemidos de um outro tipo de solidão.

Como Montaigne em sua torre,
do alto de sua janela,
no outro lado da cidade
F. avistava a paralisia diária
dos carros enfileirados
e isso lhe lembrava,
numa associação
completamente absurda,
a fila de encanadores, carteiros, garçons,
homens solteiros e pais de família
no corredor da pensão
onde Hilda foi feliz depois que abandonou
o casamento.
Enquanto isso,
do outro lado do espelho,
a moça que conheci numa Póvoa
perto de Guimarães
encontrava o amor
numa rua de Paris para onde se mudou
com seu imenso coração.

Nesse trânsito de reminiscências
o veludo da poeira ainda veste os bilhetes
que eu e D. deixávamos sobre a mesa
depois de uma noite de sexo pesado.
Nas velhas gavetas dormiam

os cartões que anos antes eu trocara
com a comissária alemã,
a bela berlinense
que conheci diante
        de um prato de steak au poivre,
o que a fez retornar duas vezes
à nossa adega de uivos
        transformando aqueles dias
em pedaços de eternidade.

        Acredito que por muito tempo
        P. também guardara as velhas cartas
que como os espelhos
esquecem o tempo das boas notícias.
        Num daqueles papéis,
contei sobre as roupas
que eram lavadas pela vizinha
e o dinheiro previamente acertado.
        A necessidade da roupa limpa
me fazia percorrer
o pequeno país entre as duas portas
experimentando séculos de uma gentileza
que como a nudez de P. não existe mais.
        Naquelas cartas devo ter lembrado —
com alguma reserva,
é claro —
do risco de morte
nas plataformas onde os trens passavam gelados
como o nosso esquecimento,
mas nesse instante

o céu abria a cortina
de uma lua tão clara
quanto a garganta de fogo que anos mais tarde
a ceramista encontraria para sua invenção.
        Com seu nome de árvore
e a pele de Poussin,
há uma alegria de festa
em sua força,
e no fogo alto de sua distância
        desenham-se as flores do seu riso.

        Mas o que posso afirmar, e isso já é muito
para a fragilidade dos dias,
é que nem todos os registros,
desde a mais remota pirâmide asteca
até os ecos ajardinados
da cidade inca,
                        nem todos os símbolos
inscritos em pórticos, frisos,
        cabalas ou nos livros de chegada
dos mais antigos ancoradouros,
nada guardará um décimo do que carregamos
em nossa esfarrapada bagagem humana.

        Eis a razão por que D.
não queria lembrar da praça imunda
onde dormira tantas noites
nem lhe interessava saber em quantas guerras
se abateram seus antepassados.
        Quiçá eles foram bárbaros
como nós,

os novos visigodos de uma península
onde nem todos os planos se realizaram.

Pois era nesse momento
que eu sentia a humanidade
na boca da francesa, na água salobra
do nosso suor, e então
a mulher que pulsava entre suas pernas
molhava o vestido
que ainda era de festa.

Nessas horas todos sentem
os joelhos tremerem, a lâmina da culpa
atravessando a garganta,
mas depois
nem sabem os motivos
por quem se apiedam.

Eis o verdadeiro cerne do humanismo,
uma amostra de sua finitude,
e não as enciclopédias
que omitem a origem das coisas, a invenção dos dogmas,
tudo tão perto de onde o velho Darwin está sentado
de ombro colado com Chesterton
em algum círculo dantesco.

Eu sei que nada disso
te interessa, eu disse a D.,
porque sentes o tempo nas veias
como a areia que escorre na cintura da ampulheta,

e entre uma dor física
e as tuas verdadeiras carências,
        imperceptíveis
        nos exames mais modernos disponíveis,
o que te adoece é a memória que arranha,
e a vida é o remédio que te receitam.
        Tudo isso tu podes ouvir e negar,
dispor ou reter
no livro circular de tua mesa, nos ruídos
quase humanos de tua geladeira,
quando o que realmente interessa
são os barulhos que em teu tórax escutas
além do tempo na janela.
        Mas isso ainda não é nada,
não há de ser nada,
        pois o tempo atrela à sua carroça
um carretel de resignações
que nem Hegel nem Wittgenstein
poderiam traduzir.
        O segundo talvez dissesse
que a manutenção da arte
        está na procissão de aviões
que cruzam o céu.

        O certo é que nos dias de sol
M. encontrava relações
entre o pensamento de Borges e a poesia
de Szymborska,
e descobria em seus poemas a sombra da águia
que a espreitava do canto da página.

Ali viviam as raízes,
ela dizia,
que como leituras
se cruzavam por debaixo dos papéis.

Pois saiba
que até hoje, eu disse
a M., levo comigo
os versos de Pound que li aos 16 anos,
assim como Hannah com suas coxas
expostas e o suor nas virilhas,
enquanto ávida de liberdade
lambia o cavanhaque do velho.
Aqueles poemas
calçaram as minhas vilas,
enfeitaram as muradas
onde à noite eu via imagens
sobre a cidade iluminada.
Foi então que surgiram
os átrios e as aleias que os idiomas inventaram,
e os dias guardaram as sombras
que nos parques de hoje
são outras ausências.

Por isso me manterei distante
de onde os terremotos alteram os mapas,
pois os teus íntimos relevos, eu disse a M.,
bastam para nossa queda ainda tão nítida
que nem toda arqueologia de minhas tragédias
poderia evitar. A esperança — ela repetia —
é uma alegria pela metade.

Perto de casa,
L. às vezes reclamava
dos livros quase
em branco, aqueles com poemas tão curtos
que não lhe permitiam a distância
para o salto.
Essa brevidade, L. dizia,
quer ser o salto,
mas apenas o salto,
sem anelar o horizonte
que se transforma em seu arco.

Tais poemas prescindiam
das plataformas que L. admirava,
e por isso não alcançavam o espanto
na ponta da metáfora,
a descoberta do inaudito
em cada degrau da subida,
e tudo em três ou quatro
versinhos que lhe faziam sorrir como
diante das piscinas vazias,
sem que aqueles poemas
tivessem a explosão
de um único mergulho de Bashô.

Então eu escrevo para C. e sua filha
sobre o peito,
ainda na mesa do parto,
úmidas de vida na largada da corrida.
Essa imagem seguirá comigo

como as cores de sua alegria,
como o sol guarda seu peso
na folhagem que varre o outono.
        Mãe e filha não sabem
que habitam essa lembrança:
tanto amor não cabe — elas diriam —
em tão pouca residência,
mas nesse instante é o amor de C.
que navega o meu poema.

        Na nascente dessas águas
nem as pedras de Gizé nem as curvas da Muralha
saberão que da estação de Nuremberg
à catedral de Regensburg muito mais
do que a velocidade dos trilhos
era o amor de M. a paisagem vista do trem.
                Como os bávaros antigos,
eu e M. adivinhávamos o tempo
                nas sombras daquelas colunas,
                nos desenhos dos vitrais
        escorrendo pelas pedras,
tudo cristalizado
num fluxo de elipses e conjunções
        que para sempre seriam o idioma
do nosso entendimento.

        No centro da cidade antiga,
à porta dos velhos alfarrabistas,
o cheiro dos livros nos dava a certeza
        de que Borges havia passado por ali,

e como os gatos que dormem
nos hiatos das estantes,
decifrara títulos, datas e edições
erguendo a cabeça
        como se farejasse as vitrines.

        Os poucos livros ingleses
também eram minha casa
        quando exalavam
o aroma das roupas e da loção
que Borges provavelmente usara.
        Naquelas esquinas
eu sentia o buquê
das senhoras elegantes,
como se para lá
se transportassem os perfumes e os punhais
das milongas de Borges.
        As lavandas e as verbenas
também lembravam meu pai
quando saía de casa pela manhã,
e depois do almoço
        se perfumando outra vez
e graciosamente sorrindo
quando anunciávamos a sua passagem.
        Assim como Borges,
mais tarde o meu pai desprezou
        os perfumes e as bengalas,
mas ambos vivem comigo
        no cheiro de um livro novo.

Em todas as épocas
os homens disseram o mesmo:
"este é o pior dos tempos",
"nada melhor do que o passado",
quando não há outra hipótese
além da menina perplexa
diante dos doces espalhados no chão.

Em outro hemisfério
foi o sorriso de A. que
ficou guardado
numa caixa de cores:
o hífen da ponte e seu percurso de fronteira
eram o movimento das dunas
que antes ela havia encontrado.
Ficaram comigo a alegria de A.
e a perda de seu sobrenome,
mas em sua casa,
sob a árvore de um grande quintal,
ela me levou para conhecer
a sua criação de pássaros.
No meio de todos,
como Frida diante do espelho,
A. apontou para o único
completamente negro e disse:
com este nomeei a tua falta.

O certo é que nem antes nem depois
de qualquer encantamento
jamais se conseguiu uma audiência decente

para os museus da nova arte,
exceto nos dias de festa
          e muita propaganda, razão pela qual
os visitantes vão embora
com a sensação de que foram enganados.

          Nessas horas
quero encontrar os demônios
que acenderam as tintas da literatura,
que frequentavam os salões
onde a fome e os tocos de vela
escorriam
como as estalactites de suas cavernas.
          Por isso ressuscito Walser
arrancando a sua cara da neve
e contando para o velho
que tudo está como ele deixou.
          Já imagino o seu olhar de enjoo,
seu desdém onisciente,
pois nem a notícia de que o castelo de Klamm
foi construído por seu ajudante
atiçaria o carvão apagado pelo irrisório.
          Walser cuspindo impropérios
nos enfermeiros do campo,
Walser e seu faro
de lobo sedento.

          O importante é seguir em frente,
diria a dançarina,
mesmo que a lama

já alcance os joelhos.
Depois é secar o vestido
em alguma nesga ensolarada,
como o soldado
estirado no campo ao lado da arma,
aquele que o réprobo pensou estar dormindo,
ou então arrancaremos o sol dos próprios pântanos,
como fizeram Coetzee e Márai
puxando seus demônios pelo rabo e
arrastando-os até a praça da igreja onde uma quermesse
vende a salvação
na banca de uma bela mocinha.

Não será o que Mayakovski esperava —
QUID TUM —
nem qualquer um
daqueles russos endiabrados
que já longe do tempo
em que contavam copeques para matar a fome
têm seus ursos — outrora livres e altivos —
engaiolados como vacas de louça
nas vitrines do Boulevard
Saint-Germain.

Hoje vejo que assim como C. — a personagem
de Musil que roía a raiz do amor —
a maioria de nós
não faz nada contra o seu dente egoísta,
e como nos filmes em que a
corda vai se desfazendo a cada quadro,

continuamos —
    velhos velhacos —
e o último fio é sempre o amor do outro.

    Então eu lembro que Cortázar
tinha um gato chamado Teodoro
W. Adorno, e talvez isso,
mais do que o enigma
de toda angústia humana, traduza
a pergunta que dorme nos olhos dos gatos.
    Nas casas em que eles estabelecem
rotas e territórios,
flutua uma misteriosa poesia
orbitando pessoas e objetos,
assim como o tempo
    que só os gatos conhecem
quando lambem seus dorsos
num canto da sala.

A LEITORA

No fim ela disse que preferia Spinoza,
depois, pelo menos,
que a vida deixasse de ser só esse frio
ou algo além da força dos afetos.
O velho Baruch não estaria lá,
mas já era possível perceber em sua vertigem
a mesma insinuação de cores
que havia nas asas da libélula, na turva clareza
das pinturas de Goya ou no horizonte
entrecortado das vigias de Montaigne.
O próprio Montaigne tampouco juraria
fidelidade ao sol ou às outras estrelas
se não soubesse que depois dos deslizes do passado
a mentalidade da época precisaria apenas de um ajuste,
assim como as cordas de sua viola da gamba,
e então o seu pequeno corpo sairia dançando
para o êxtase dos parvos
e o íntimo orgasmo de seus inquisidores.

A moça sabia das coisas.
Spinoza acendia seu cérebro como
um brilhante iluminado sobre a taça do pescoço,
e Goya, ela dizia, já insinuara
que do outro lado não há nada,

ou só o amor
escorrendo como a luz pelos trincos da porta,
porque Spinoza era aquele amor,
porque Montaigne era aquele amor,
porque a inteligência era o amor de Goya
na torre de Montaigne e na porta de Spinoza.

Mas ela era uma louca,
a duquesa dissera,
uma serpentina desvairada — essa foi a expressão —
e dizem que a bela Alba
nunca se enganava, pois tinha nos olhos
a luz que acorda
dentro dos brilhantes.

A duquesa afirmava que a outra
era apenas uma explosão de pássaros
numa árvore em chamas,
tudo muito previsível — dizia às gargalhadas —
como os tijolos de cores
sobre o mar no fim da tarde,
um mar de vazios e falsas safiras
como aquelas bandeiras onde
não se sabe distinguir
entre uma praia e as raízes geniais
do mago de Santa Lúcia,
o santo caribenho, o aquarelista em cuja poesia
ela certamente encontraria a paz
que só as palavras carregam como os peixes que migram.

Depois,
talvez ela não soubesse
que a delicadeza é o amor igual,
e que a forma da ausência
também é um corpo, e o seu peso
tem a sombra dos fatos insuspeitados
de quando ouvimos a frase inesperada, a citação traduzida
daquilo que o outro desvela como sendo nosso,
como se fosse dito por nós.

Como uma linha de
Rimbaud ou um verso de Whitman,
ela via um jardim em cada espelho,
e em cada espelho
os dois me beijando — ela dizia —
os dois lados do meu rosto — ela dizia —
e os tantos lados dessa
alma — ela dizia — e a superfície do meu corpo —
ela dizia — e os idiomas
de nossas tantas línguas — ela disse.

6 VARIAÇÕES SOBRE UM TEMA COMUM

1

os meninos e as meninas
brincavam de ouvir
o que só alguns
percebiam

algumas meninas
já crescidas
acordavam com a sensação
de perda e
estranhamento

nos bancos de jardim os mais velhos
observam
a passagem do avião

os relógios não interessam
aos que antes pensavam saber

há dias que são maiores
eles diziam
dias em que tudo parece maior
em cada coisa pequena

2

a correnteza de carros
e a urgência
do que é preciso fugir
agonizam como um antepassado

ela ouvia o silêncio
que flutua entre o céu
e a velocidade das folhas
e o esquecimento
também era
poesia

no asfalto as linhas brancas
às vezes
paralelas às vezes
tracejadas
são os novos trilhos da cidade

surdos como lentos
pulsos
os carros ladeiam
os muros de cantaria

lição
do navegador
a minha ilha
é onde estou

3

não importa o quanto caminhes
sem olhar para trás
cada passo teu
ficará em algum ruído
entre as palavras

quando pensas aprender
sobre a beleza
descobres que o tempo
também é a impossibilidade
do perdão

e assim te esquivas dos espelhos
por onde passas com a tua bicicleta
e finges não ver o silêncio
que desenha o teu
reflexo

cruzas ruas e calçadas onde
lembras de outros nomes que
como a pele tatuada
o costume de não ver
lentamente
apaga

4

à primeira vista era apenas a travessia
do que se acostumou chamar
de lembrança
e o abismo da curiosidade
se mostrou mais perto do que
a fogueira do tempo

ela reconhecia o perfume
que a mão da noite semeava
gosto do cheiro de tua pele
ele dizia
madeira molhada
vestida pelas dunas

no primeiro descuido
o que era festa virou luto
um vulto
na distância da noite
árvore
florescendo em chamas

e como um corpo imolado
no susto do açoite
a sombra
engoliu o fruto

5

descobri que o homem
mais triste do mundo
foi um dia o mais feliz

carregava um corpo vivo
dentro do seu morto
e trezentas facas nuas
polia e amolava
nos ossos expostos
de uma mágoa

durante muitos anos
guardou em seu silêncio
a solidão de sua carga
mas à noite
quando o mundo adormecia
corria até a praia
e mais triste ou mais feliz
feria a lua

protegia com a distância
a multidão de uma palavra

o calendário é uma pedra
ele dizia
e o vazio era sempre mais pesado
quando o cortejo passava

6

no Opus 132 a fronteira
entre a morte
e a alegria é um mergulho
nos escuros da luz
a altura do muro
na iminência do etéreo

ela disse
Allegro ma non
tanto pois nem o homem nem
o gênio em seus extertores
sabe que nome
teve o mundo em seu começo

tantos anos
antes das próximas
audições
um outro enfermo alcança
o mesmo engano
ao se equilibrar entre a beleza
e o desespero
enquanto o velho surdo esfrega
as mãos
começa o Molto
adagio e cospe
o chão
ao lado do piano

O CERCADO DOS OSSOS

1

toda lembrança
é uma homenagem possível

há nomes que se apagam
sons
que se confundem
mas as notas permanecem
nas margens de cada página

a distância tece vultos
e abismos
as perdas que reverberam
são caixas abertas
com relógios parados

algum perfume resiste
nas roupas do esquecimento

o tempo faz as malas
e abandona essa cidade

mas nem sua nudez
apagará o antigo mapa

2

os dias matizam lembranças
com notícias do mundo

o domingo é um mosteiro
para onde corre esse rio

da cesta do meu balão
persigo o movimento como
um quadro de Seurat

o cortejo do que já não existe
segue pelas ruas

os mortos desdenham dos que riem
debocham dos mais íntimos
expõem seus corpos
contra os muros da memória

na piscina em frente à casa
as crianças ainda brincam
com o desenho das nuvens

jovens mães se acomodam
na geometria da luz
parecem medir a distância
de algum arrependimento

3

entre xícaras de chá
a amiga de Istambul reconta uma viagem

por suas janelas vejo mulheres
em banhos de pedra
são madonas renascidas
vênus
que se tocam
êxtases de uma festa
por alguma invasão esquecida pelos gregos

poemas de Kavafis reanimam essa lembrança
trazendo para a mesa os gritos do mercado
e o cheiro doce
do café

o cercado dos ossos
guarda um outro corpo vivo

nas ruas ao redor
há casulos e amoreiras para as cores da seda

talvez o esquecimento
seja o lado cego do espelho
talvez o seu carvão
seu inverso aceso

4

a dissonância do tempo
é o chiado da roda que gira o mundo

o homem no trem anuncia que a vida
impôs o seu limite
é seu último grito
última estação
a traduzir sua língua

o horizonte continua o despejo
de toneladas de azul sobre o verde que treme

o mar mistura seu mundo na paleta das pedras
e todas as cores são convocadas
para justificar tanta luz

a surdez do outono
desconhece os tambores
do pulso da terra
enquanto o céu é um estômago
que regurgita claridades

5

eis o tempo dos amantes
o tempo dos homens que em sua
lucidez
são o medo de uma época

entre guerras e
conquistas
as mulheres venceram
a solidão do mundo
compreenderam a solidão
dos descrentes
alcançaram
a solidão dos homens

6

o domingo emudece a cidade

na escadaria aquela senhora
me faz o cumprimento usual

seu aceno e seu sorriso
são a paisagem que levo

ela talvez seja o enigma
que nas placas dos carros
procuro decifrar

leio jornais e vejo o mundo
pelo prisma do vivido

agora o meu oráculo
é a calçada onde passo
é o retrato na sala
no qual me reconheço

vivemos para lembrar
morremos para esquecer

e assim os nomes que se perdem
a infância que criamos
os números que marcaram
cada porta

no outono frio como os restos da noite
homens sobrevoam o bairro
em asas e paraquedas

semeiam o mundo
com as cores de sua coragem
mas lá do alto
o segredo da liberdade é uma outra prisão

por um instante a visão dessas asas
relembra a morte e suas perguntas
a morte que um dia
chamará o nosso nome
a morte e seu estranho dia

7

o sol ao meio-dia
é o seu passado imolado

mergulho a colher no vidro de mel
e o que escorre é o tempo

feito dos ossos de muitos
é um prédio alto a sua construção

ali se avistam vestígios
que como retratos estão quase apagados

são idiomas de imagens
as suas fundações

numa sala vazia há uma gaiola de vidro
para a descoberta dos mais novos

há o sangue de sacrifícios e
conquistas inúteis

das altas janelas pendem sentenças
crimes e arrependimentos

nada pode ser remediado
o relógio e sua vingança infalível

nos pêndulos da dúvida
balançam corpos e garrafas onde o tempo assovia

é preciso cuidado
pois no descuido de um nome desaba a gaiola

ALFRED BRENDEL E O PRIMEIRO SALTO

os mistérios da noite inundam a casa e
a água já cobre os sapatos

há mulheres na sala
elas usam cadeiras como trampolins
e se preparam para o mergulho

por algum motivo estão todas nuas
do sofá eu as cumprimento
e escuto seus pés na preparação desse número

escolho Beethoven como
pano de fundo
suas sonatas têm a nobreza
dos jogos aquáticos

são 4:48
de uma madrugada tranquila

sob a mesa
já há profundidade para o primeiro salto

em breve haverá
a luz da manhã

WILHELM KEMPFF OU O SEGUNDO SALTO

na sala inundada
a decisão é do juiz alemão

ele pede que sejam tocadas apenas
as últimas sonatas
alega que a velocidade dos saltos
sabe a outra delicadeza

um dorso de pérola
arqueia no ar
impossível reter
a sua entrada na água

como uma agulha em um corpo
ela desaparece no chão
ao último acorde da sonata 28

ergo-me do sofá
para um cumprimento silencioso

a segunda saltadora
me observa da cadeira

começa a sonata 29
e há um silêncio profundo
são 5:52
e a temperatura é 17C

A CAIXA

A chuva desata
as cortinas do céu.

Lá fora a passagem dos carros
é um braseiro riscando a estrada.

Meus coadjuvantes não dormem,
eles dançam na sala
com os adereços que encontram,
destrocam sapatos, vasculham papéis,
e entre goles e soluços
dormem pelos cantos,
eu os vejo.

Então é um louco
o solista dentro da caixa.
Ele passa a madrugada a transcrever partituras
e desfolha cadernos
como um outono fértil.

No teatro inundado
a corredeira de livros arqueia as estantes.

Há música na caixa
perto da queda.

23

Água nova.
Neste momento uma segunda
construção prepara o dia:
há um ninho
em minha varanda.

Não sei quantas vidas
eclodem na casa —
a vida é para o risco —
casca que canta e
arrebenta.

Dentro da sala um outro rio
corta o silêncio.
Começa o concerto 23
de Mozart.
Floresce a antiga partitura.

A melodia se expande, alcança
a varanda e pelo cantar
dos pássaros
a natureza reconhece
a sua altura.

OS NADADORES

Eu quis encontrar a Rússia
nos olhos de N.
mas a poesia tombou
nos invernos do Leste.
Toda nobreza das paredes do Hermitage
não adiantaria um passo
em minha falhada conquista.
Quem sabe o espírito de N. seja
contido como o olhar de Tarkóvski,
quem sabe seja maior.
Pensando como os nadadores do Neva,
meu desafio era a obstinação da distância
em sua turva atmosfera.
À revelia de N.,
a nostalgia de Tarkóvski
desenha nas paredes um halo de cor,
e como em seu olhar
há uma doçura melancólica
que risca a luz.
São as peças do relógio humano
sempre em busca da outra margem,
como o percurso de um sol
que nunca esquece o seu centro.
Para os que abriram as janelas,

os nadadores exibem seus braços
como as velas de uma embarcação.
O silêncio agarra-se ao corpo
para ritmar o seu pulso,
e do outro lado do mundo
a chuva se apaga
nas margens do Volga.

A TATUAGEM

Os símbolos
na pele.
Antes,
as formas eram só
uma lembrança.

Ainda que fosse
móvel
a sua chancela,
esse desenho permaneceria
como um ferrete,
como um ritmo
de música acesa.

Diria que para
o seu esquecimento,
para apagar o seu reflexo
do avesso
de minhas retinas,
o vazio teria de envolvê-la
como o não vivido,
e tocar o seu
acúmulo como se
aponta um
peixe

no vidro do aquário,
onde o bicho
permanece indiferente.

O mote dessa
partitura é o absurdo
de ela agora estar ausente
e ser a espuma
que sopra
a areia,
a hera
que derrama-se
em muro,
quando a memória
é o aquário
de tudo.

O RECOMEÇO

Que não romantizes a paisagem.
Que não romantizes a queda nem a vitória.
Que não transformes o amor num feito heróico,
o amor é um acaso,
e o heroísmo é uma vontade dos homens.

Repara que o nada também é uma companhia,
por isso te acalmas diante do acidente,
mas se puderes passar sem olhar,
será melhor.

Tudo, de qualquer jeito,
ficará para trás.

Agora levas contigo
caneta e papel
para anotar a surpresa das coisas.

Mas não romantizes as metáforas.

Assim entenderás o sistema.

O ATALHO

Talvez precises,
se o tempo for propício,
dar a meia-volta, contornar
o acaso bem no meio do caminho,
e assim tudo deixaria
de ser só essa viagem
concebida pelo deus que então
errou a hora, o dia, a vida.

Apagarias a causa,
esquecerias o efeito
do qual já faças parte,
e desatar o nó parecerá mais fácil do que
seria mantê-lo,
afinal,
um nó é só o nexo
dessas linhas que chamaste engano.

E antes que tudo se dissolva
sob o sol do esquecimento,
reconheças a história,
a rua, a estrada,
o relógio que não para
mesmo quando erra o plano.

O OUTRO

Algo em nós
nos
une e
nos invade.

Não sei
o que conta
nesse espelho
que nos
cabe.

Algo em nós
é uma ponte
ou uma
parte.

Algo em nós
é o outro
lado
que sabe.

Primeiro eu disse é só o que peço, escuta
o segundo movimento do concerto para violino
e tudo estará ali, no silêncio onde você flutua.
De outro modo aquilo também era o incêndio
que se ouvia das janelas da velha casa — a nossa
praia francesa — ou o estêncil por cujas sombras
os pássaros dão voltas em meu coração.
Ela disse sim e repetiu que aquele concerto
já fora o muro de suas próprias sombras, o teto
de onde os mesmos pássaros escorriam à espera
dos cardumes, mas que agora eram só a
partitura vazada das angústias de um Banksy.
Então eu pedia ouça os outros movimentos,
ali sobrevivem a alegria e as sombras
da menina vestida de laranja, e assim,
séculos depois da explosão daquela garagem
a paralisia ainda será minha, como diante
da imagem que os anos guardaram
e o único registro é essa página que falta.
Por isso do último encontro ficou apenas
o seu incenso preferido, o incenso adivinhado
pelos acenos de Shiva, o incenso do seu riso.
Mas há ainda os que não sabem, eu disse,
os que não encontram em nossa história nada além

da tristeza e da obstinação de seus sobreviventes.
Esses incautos — ela quase gritou — precisam
se perder nas livrarias que não existem mais,
descobrir os sucessos de Courbet, o conforto
das viagens de Borges e Schopenhauer quando
meninos e entender que nem tudo é um pântano
na origem das flores, que certas histórias
precisam morrer porque de tão grandes
não cabem numa vida, ou porque a beleza
é o centro de uma outra flor comum.

Na manhã seguinte veio a segunda cláusula,
o inesperado e lúgubre capítulo de todo
fim do amor, como um Bruno Schulz imaginando
infâncias e desenhos numa esquina de Viena.
Pois agora é contigo, dizia a segunda cláusula,
a estrada será tua companheira, não há mais
o jogo dos teatros de onde se atiravam buquês
nem os passeios de mãos dadas nas feiras
de domingo onde eras o mais feliz dos homens.
A feira acabou, as lonas listadas voaram como
sombras para outra vizinhança, reinventando
as cores como os sonhos recriam suas vítimas.
Aqui ficarão os restos, as marcas de óleo
na retina do asfalto, os perfumes que da escotilha
alcançavas como as fragatas avistam os cardumes,
quando lá do alto pronunciavas que tudo, até
o maior dos amores, teria a sua brevidade.
A segunda emenda seria mais óbvia do que
acordar e ouvir a sobrevivência dos pássaros,

como se o fim do amor fosse só a sua ausência.
Então ela disse que o café estava na mesa onde
o velho pai, com punhos de mogno e seu terno branco,
observava as crianças como se pássaros fossem.
Assim o dia nasceria como a superfície da safira
sob a chuva das agulhas, os pássaros pousariam
como gárgulas de sal e os meninos, como na véspera
de uma guerra, saberiam que o amor é só uma cidade
de onde eles terão de voltar feridos de morte.

A ESTÁTUA

Logo ela não sabia para que serviam
aquelas grades,
havia algo de sôfrego em sua culpa,
algo de quem aprende um idioma
para a decifração de uma ideia.
Imaginava que as reminiscências
podiam levá-la até o começo dos tempos,
ou que as paredes daquela biblioteca
guardavam as vidas do fogo.
Uma proteção inócua, ela pensou,
pois o frio lhe inundava as entranhas
como o nome na velha porta — Miguel
de Unamuno — e no pátio interno
uma estátua marcava o tempo
como uma barca imóvel.

Ela sabia que suas lembranças
estariam no sono daqueles livros, nas teias
do seu desejo, ou que ali encontrariam
a aldrava imaginada.
Aquela sala era a boca da baleia,
o corpo em cujas costelas ela agora
poderia alcançar o que pensava seguir.
Sua certeza sonhara este dia
como os fugitivos da guerra tocaram a outra costa,

como o castelo apontava as ameias
para a ponte de pedra do aqueduto romano.

Na velha cidade os arcos se repetiam
na Plaza Mayor, traduziam o desenho das ruas,
das calçadas onde os parquímetros
eram a água dos novos cavalos.
Em seu país semelhante montanha era como
um gigante, e isso só seria possível
na avalanche noturna das memórias de um livro.
Ela então recorria ao sonho
para recriar cada degrau,
mas quando o sol era alto, sorria de suas habilidades
armada como um viking
diante de um cochinillo dourado.

Cada um daqueles segundos, cada traço ou antiguidade
entranhada na madeira da porta,
relembrava a bela professora que há anos
ela não conseguia encontrar, e sua infância
permanecia ali, diante do altar de sua boca
como uma água possível.
Aquele corpo estaria preservado, ela sabia,
o tempo não poderia tocá-lo além dos sentidos,
além dos meios falhados da preservação.
A professora teria quinze anos a mais, pensou,
o que não seria um abismo
diante do cheiro de sua presença.
Lembrou que nas antigas salas
cada músculo retesado era um primeiro sintoma

diante da beleza,
e que desde muito cedo, como um rio
não sabe a sua altura,
a explosão sobre as pedras era a inexplicável
grandeza que alimentava suas vidências.
Pelos registros do começo
cada pedra resistiria como a estátua do pátio,
como os livros que ignoravam
o relógio das conchas.
Mas ela não sabia
que era por sua ausência
que aquelas pedras adoeciam.

A VISÃO

Como a luz e seu desenho
na prata corada,
eis a velocidade do incêndio
na construção dos mitos,
dos monstros de pedra
nos muros da metrópole,
da areia infinita
nas dunas das janelas.
Nesses desertos
atulhados de recordações,
há marcas de pés, garras, patas
antes de cada nítida migalha de pão.
Nas portas do passado a construção continua:
os monstros são adorados
por sua resistência à solidão.
Sob as tranças da lua
que se contorce no nada,
não há porto além do muro esquecido,
e entre o pulso e o chão,
entre as guelras do vazio
e a asfixia do real,
as ondas refletem as costelas infladas do céu.
Há nadadores, barcos, cartazes,
há um retrato no canto do enigma,

há um centenário, um leilão,
o esquecimento e quando tudo é a luz
que branqueia o horizonte,
há o fim.

I — A ESTRADA

Naquele tempo a ideia
de um fim apenas existia
como o paradoxo
de pensar o que não há,
e tão inimaginável
era o fim daquela história
como a curva de uma praia
que terminasse em um muro.
O seu fracasso seria,
embora eles não soubessem,
como a morte de um filho,
um filho que ainda não tinham
mas que os tornaria órfãos
de sua lembrança.

A partir de então
tudo seria uma visão permanente,
como se o medo
arrastasse a carcaça
de um milhão de mortos,
dos quais não se podia
afastar sob o risco
de perder a estrada.

Era esse o infortúnio,
embora depois, como o peso
de uma chuva
que o tempo não seca,
a lembrança se tornou
um castigo e uma premonição.

Havia a guerra e
os mais fundos ferimentos,
mas como era doce
voltar do campo dos mortos,
como era viva a bandeira
colhida na queda.
Doze dias
após a condenação,
nascera o que nenhum
tempo ou envelhecimento
jamais apagará.
Assim a praia alcançou
o seu muro,
pararam os relógios
e conjugaram-se os verbos
de sua permanência.

Na manhã seguinte
a vida já recuperara
seu verde, seu espaço,
sua fome.
Ela escutava notícias
de outros desastres, de afastamentos
que como tantas perdas
já não causavam estranhamento.
O tempo marca os vivos
e apaga os mortos.
Por isso não lhe pesavam os cúmplices
nem os antepassados,
nada lembrava o cão que mesmo adorado
perdera seu rastro na areia da praia.
As novas separações seriam mortes naturais,
como uma cor que é preciso esquecer
para a renovação dos leques que ela tanto prezaria.
Acordou como se na noite anterior
uma dança festejara outro fim, recomeçaria
como a morte recomeça em seus sobreviventes.
No entanto, ao primeiro sol, uma procissão
de carroças aguardava em sua porta.
Cheias de caixas e baús,
ostentavam panos que por um instante
foram confundidos com bandeiras.

Sentados num monturo havia atletas e salteadores
que apostavam moedas e pagavam por qualquer amor.
Entre bocejos os cocheiros reliam aventuras
cujos enredos cheiravam a corrução.
Essas histórias nunca terminavam, apenas
se apagavam e eram reescritas com sangue.
Os alaúdes, trancados nos baús,
continuavam a ser música.
E os cavalos marcharam.

Antes do fim,
um silêncio inundou a cidade,
um silêncio que acendia fogueiras
como se todos lembrassem da casa
em cujas paredes nasciam palavras.

Não conheço uma cor
que não deseje a tua elegância,
uma vez ele dissera, mas a distância
é uma máquina feroz, e mastiga
meus ossos
como os ferros na praia.

Nas noites de chuva
um estranho arrependimento
sublinhava o seu nome,
e tudo parecia uma
esperança,
como na primeira manhã
em que ela perguntou se o passado
é um livro que se reescreve,
um modo de tocar
o que se lembra.

IV — O PATÍBULO

Talvez não houvesse
o instante exato,
a palavra que diante do instante
fosse mais que o seu antigo
significado, a coisa
mesma, o sentido que de tão simples
renovasse a sua existência.

Por isso o relógio seguiu
sua contagem de dúvidas,
pois o instante que pulsa
nem sempre esquece e passa.

Talvez a repetição
de uma coisa antiga,
que tenha fixado a possibilidade
de uma outra existência,
fosse só esse pressentimento,
e tudo seria
uma sensação, uma asa de luz
sobre a água do escuro.

Antes de partir
ela rasgou os antigos retratos:
velhos amores haviam morrido —
os novos se evolam —
e a lembrança era um brinco sem par
na cabeceira da memória.

A realidade se aproximava do dia,
do desejo de uma nova cidade, do sonho
dos condenados.

OS ASTEROIDES

Passam os trens, os carros,
as horas,
os desmantelamentos do organismo,
os cheiros dos asilos, as cores dos pássaros,
as declarações de amor e seus
prolegômenos,
passam os instintos dos anjos, os jeitos e
os trejeitos
de outros tantos.

Passam os ríspidos invernos
do outro hemisfério,
os verões marcantes, os rasgos dos panos,
a ensurdecedora beleza
da moça no ônibus,
os embrulhos desfeitos da
esperança, passam os planetas e os
asteroides raspando o véu da Terra,
passa a vida, passa a morte,
mas o retrato não passa.

SUICÍDIO

Como um peso e sua queda,
o suicídio é a notícia
de uma última tristeza,
é a morte traída
em seus descuidos de coisa viva.

Como um júri sem apelação,
o suicídio é a morte mais lenta,
pois é um plano — às vezes adiado —,
e tem a morte roubada de sua autoria.

Como um tiro e sua espera,
o suicida também mata o outro.
Os que sobrevivem perdem a vida que se foi,
a conta do elo, seu brilho, sua urgência, sua dúvida.
O suicida mata o direito de ser triste
e não nos dizer.

Como um erro que não erra,
o suicídio é uma prova de poder. É o limite
entre a impotência do homem e a impotência de Deus.
É o silêncio como resposta. E o silêncio é a pergunta
que o suicida nos faz.

O GATO

Como uma esfinge
dúbia e
rara,
ele não finge,
o gato encara.

Olhos
nos olhos
como quem mata,
guarda nos olhos
a sua faca.

Lambe o enigma
que lhe pressente —
sabe o estigma
de quase
gente.

Se gato ou
gata?
Já não importa:
ele se basta
nesta resposta.

DAMASCO

O amor está torto,
o amor está coxo,
o amor
está no chão.

O amor está a um passo
do fósforo e da garrafa,
o amor e seu
atentado,
o amor e sua imolação.

O amor está farto
de sua fome,
o amor está cansado
de seu velho nome,
o amor está
velho.

O amor se convenceu
que para si não há conserto,
o amor jogou seus dados,
atirou a primeira pedra,
o amor morreu por
seu pecado.

O amor se conformou
de não dar certo,
o amor que se alimenta
de si mesmo,
o amor e seu
espelho.

O amor vai construir
o seu asilo,
escolher o seu lugar,
decorar o seu
jazigo,
onde um dia lembrará
que o amor passou.

O amor perdeu
essa batalha,
o amor bastou
de se matar,
o amor também é culpado
por sua condenação.

O amor não sabe mais
recomeçar,
o amor prefere morrer
de lembrar,
o amor será
o que restar.

Haverá uma certeza
de quando a vida era só
o seu peso?
Uma dúvida
será o seu legado?
Um nome será o seu
segredo?

OS ESTRADOS

Às vezes perguntavam
se o tempo
já alcançara seu corpo,
se a luz de tanta
alegria — como poderia? —
não pesava
sobre as suas pálpebras.

Havia um tempo sentido,
um tempo riscado
nos mapas do rosto,
e havia o tempo
invisível
das dores acostumadas,
aquelas que de tantas
intimidades
conviviam sob o gemido
dos relógios —

traço do sol
na areia molhada.

A OUTRA BANDEIRA

Quando falávamos
éramos como
um livro
tocado pela lembrança,

e o som de cada
palavra
iluminava o sentido
dos silêncios guardados.

Sabíamos que a distância
era uma corrente de barcos
num rio lento e
largo,

e como quem recebe a vida
ou um aceno,
a distância estendeu
os seus braços.

O corpo aprendeu a resistir
como a estação da alegria
que prenuncia
uma dança —

era preciso encontrar
outros dons —
coube ao nada
o sopro dessa invenção.

A ABELHA

Na antiga cidade,
a alegria era uma promessa.
Como se em algum tempo,
antes ou depois
do que então parecia uma espera,
o que se perdera pudesse ser feliz
como as coisas irreais.

Como um náufrago gritando para o vazio
que tudo é a travessia de um instante,
naquele tempo havia uma fidelidade ao sonho,
uma vontade emoldurada
pelo riso da certeza.

Mas vieram as noites em branco,
os dias em que o amor se perdia
entre o mundo e o quarto,
como numa cesta de frutas em que descobrimos
que o tempo tem fome, e o tempo cresce
e come.

Foi quando aportaram
a solidão, o peso do que não era mais
juventude e uma certa habilidade
para as alegrias inventadas,
os falsos amores
e as festas sem data, sem pólen,
sem mel.

Assim ela conheceu
o exílio e a estranha felicidade
que não suporta o silêncio,
pois o silêncio pergunta tudo — o silêncio,
esse inquisidor — e o silêncio
confessa e guarda, como um jarro antigo,
todos os cheiros do mundo.

POSFÁCIO

ÚLTIMO PENÚLTIMO

Pedro Serra
Universidade de Salamanca

Talvez a antiga, e sempre nova, ocupação da escrita poética, a poesia como trabalho onírico da linguagem, seja determinada pelo agonismo da tentação do fim: o ato criativo, como intensidade — energia ou ação —, tem no escrito, que potencialmente o atualizza, o seu epitáfio. Essa tentação de crepúsculo, tornado sensível mas também abstração, é, assim, uma espécie de ocupação perversa pois supõe a sublevação quer do espaço quer do tempo como garantias estáveis de tudo, do todo. Daí que nesse abismo crepuscular, que nunca atualiza o fim último, refratado como potência diferida, todo o passo sobre o vazio seja passo em falso, toda a ocupação seja um despovoamento. Termos que podem ir ao encontro das valências alegóricas do belíssimo e terrível texto beckettiano *Le Dépeupleur*, certamente a descrição mais ajustada e justa da agência humana como distopia. Da imaginação e pensamento de Samuel Beckett, eis, no arranque do texto, a imagem plástica, eis a inicial descrição do edifício geométrico — um enigmático cilindro — que figura e conceitualiza de modo complexo essa humana ocupação ou ação: "Estância onde corpos vão, cada um, à procura do seu despovoador. Bastante vasta para permitir procurar em vão. Bastante restrita para que qualquer fuga seja vã." Se recortado daquela indefinição movente de corpos, um corpo que procura o seu despovoador poderia, então, ser a figura da mencionada tentação do fim, tentação crepuscular, ocupação que paradoxalmente despovoa. Na declinação plural do corpo, os corpos, entre a impossibilidade da fuga e a possibilidade da procura — isto é, na repetição decerto já sem ênfase de uma ação frenética —, podem cruzar o olhar e a fala neste incerto lugar e tempo antes do fim, a caminho do fim. Tudo isto pode valer para o poeta como *último homem*, para a solidão do sujeito poético que, tal como no texto homônimo de Maurice Blanchot, *Le Dernier Homme*, supõe um acabamento vazio e falso: "olham-se e falam; fazem de si mesmos uma solidão povoada por eles mesmos, a mais vazia, a mais falsa". Nesta solidão que por si só supõe alienação — separação do outro, do mundo —, o abismo do alienado é a ilusão de um 'em si' povoado, o sujeito como povoador último. Alienado de si próprio, este sujeito impróprio blanchotiano é, como se sabe, versão de uma das pedras angulares da modernidade poética. Ângulo bastante sobre que se conforma a poesia e a poética do novo livro *Os Dias* do poeta pernambucano Weydson Barros Leal — enfim, o ângulo oblíquo da outridade, veja-se o poema "Os diálogos", por exemplo —, de onde recortaria o seguinte primeiro objeto principal, que vem ao encontro do que acabo de dizer: "Antes do fim, | um silêncio inundou a cidade, | um silêncio que acendia fogueiras | como se todos lembrassem da casa | em cujas paredes nasciam palavras". Elejo este primeiro lugar, que pertence à seção III do poema longo "História dos condenados", pela síntese que magistralmente nos proporciona. Temos, por um lado, o sujeito poético que, num primeiro lance, se coloca assertivamente "Antes do fim". Trata-se de uma espécie de performativo impossível, uma subjetivação que se faz dizendo mas que se perde no instante do dizer. No ato do dizer, a impossível presença 'a si', a comoção da espectralização egótica, indefine a distinção de um 'antes' ou um 'depois' do fim. O "silêncio" é, no fundo, uma das figuras dessa indefinição, dessa fresta de onde dimana o analogismo diabólico. Exemplo deste modo analógico é o "silêncio" que tanto 'inunda' como 'acende', mínimo sinestésico e oximorônico de uma maneira dominante na poesia de Weydson Barros Leal: em jeito de parábola, com ressaibo barroco, eis a lição: "a flor e o pássaro são estranhos | mas ambos conhecem | e se confundem" ("O Pássaro", *O Aedo*[1]). Isto é, essa fresta da diabólica analogia, com a vênia de Mallarmé, é a que propala o modo "como se" — 'comme si', 'as if' — da linguagem. Releiam-se, então, os últimos dois versos, em que pulsa, do meu ponto de vista, alguma conhecida injunção heideggeriana: "como se todos lembrassem da casa | em cujas paredes nasciam palavras". Nesta modulação da 'casa do ser' que propõe Weydson Barros Leal, é das "paredes que nasciam as palavras": o poeta sublinha com traço grosso, enfim, a materialidade da superfície — as paredes, decerto análogo de uma página de papel, por exemplo — como espécie de lugar de origem das palavras. Lugar sublevado, um não lugar que se virtualiza no processo de inscrição: pois o inverso da proposição é também verdade, ao

---

[1] O Aedo, in *Os Ritmos do Fogo* (Topbooks, 1999).

ser das palavras que "nasce" a parede ou uma página. Enfim, é aquele o particular "como se" de um último homem: é ele que retém e projeta a ficção de devolver o verbo ao mundo, as palavras à parede.

Numa outra descrição possível, a figura do poeta, na precariedade de um antes ou um depois, repõe a lembrança do sensível, faz memória da origem. A poesia, no fundo aquele "silêncio que acendia fogueiras", supõe esta notável atenção ao mundo enquanto estertor e ignição. Quem se disponha à leitura de toda a poesia publicada de Weydson — conjuntada seguindo um modelo de reunião de poemas sob títulos que nomeiam intervalos de tempo, triênios, num primeiro compasso, uma década na sua última estação antes de *Os Dias: O Aedo (1987-1988), O Ópio e o Sal (1989-1991), Os Círculos Imprecisos (1992-1994), A Música da Luz (1995-1997), Os Ritmos do Fogo (1997-1999)* e o notável *A Quarta Cruz (2000-2009)*[2] — depara com uma obra predicada como acervo potencial de uma atenção que dimana da tensão entre uma palavra que é, por um lado, ignição de mundo, de mundos — o 'fogo' é um *topos* com cadência assídua nesta poesia, vejam-se, especialmente, os poemas "Banquete" (*O Aedo*), "Fantasia" ou "Princípio" (*A Música da Luz*), e, claro está, os múltiplos envios contidos no livro *Os Ritmos do Fogo* —; e uma palavra que, por outro lado, faz devassa dos estertores desse mundo, desses mundos. Como lemos no poema "6 variações sobre um tema comum" — composição deste *Os Dias*, sim, mas 'comum' precisamente porque percorre os anteriores livros —, "nem o homem nem | o gênio em seus estertores | sabem

---

[2] *A Quarta Cruz*, Topbooks, 2009.

que nome | teve o mundo em seu começo". Tão contumaz na 'procura vã' da nomeação do mundo, como na 'fuga vã' de todo o ato nominativo, a poesia de Weydson Barros Leal foi decantando uma tonalidade elegíaca consequente — com alguns saborosos momentos de descompressão, veja-se, por exemplo, o 'barroco' "Poema bufo-cavalheiresco à guisa da morte de um poeta quase morto por sua musa que ninguém conhecia" integrado em *O Ópio e o Sal* —, síntese singular em que pulsa um amplo repertório poético — desde logo, com dominantes simbolista e moderna, mas também tardo-moderna, sem rasura completa de alguma poetologia romântica expurgada de derrame e com repescagem de soluções clássicas, nomeadamente do soneto petrarquista e do verso épico (veja-se "Brasis" de *O Aedo*) —, 'obra ao negro' de um *lletraferit* — a bela voz catalã que significa, em castelhano, 'letraherido', e, em português, 'tocado pelas letras' — que não desfalece no enfrentamento do belo e terrível 'poder das palavras'. *Opus nigrum* ou "lavoura noturna" — veja-se a secção VII do poema "Celebração", do livro *Os Ritmos do Fogo* —, noite onipresente na poesia de Weydson Barros Leal que é o *analogon* maior do gesto criativo, liberdade livre, pura potencialidade: a "palavra esse domínio em onde posso tudo" ("Os Animais", *Os Círculos Imprecisos*). Um tudo poder que inclui diferentes modelos de versilibrismo, formas fixas, jogos eufónicos, imaginismos vários: "O verso — assenta o poeta — é um berço de possibilidades" ("On", *Os Círculos Imprecisos*).

O Poder das Palavras é, entretanto, o título de um texto de Edgar Allan Poe de onde podemos subtrair uma figura que alegoriza a poesia de *Os Dias* de Weydson Barros Leal. Este estimulante diálogo *post mortem* entre Oinos — espírito ainda recente na imortalidade — e Agathos — anjo encarregado de instruir o neófito no conhecimento *visionário* das coisas do universo, da matéria infinita, das plêiades, dos sóis, dos abismos, dos mundos que nascem e explodem nos firmamentos —, acaba por ser uma alegoria do poder criativo da palavra. Há criação, concluem os entes imortais, sempre que há movimento; e a palavra, ao mover-se no ar e no éter, ao ser impulso físico no ar e no éter, é criadora de mundos. O universo, assim, é constituído por infindos atos criativos, todos dessincronizados, é uma espécie de espaço feito de eventos que estratificam uma cronologia que indistingue passado e futuro: um universo sublevado. Será, então, na *visão* final do diálogo que, enfim, seja revelado a Oinos o conhecimento do 'poder das palavras'. Sobrevoando ambos um planeta belo e terrível, cuja *visão* perturba em extremo Agathos, esclarecerá este anjo, afinal um anjo amoroso: "Esta estrela rebelde... há três séculos que, juntas as mãos e os olhos em lágrimas, aos pés da minha amada... a fiz nascer com as minhas frases ardentes. As suas flores fulgentes são os mais queridos sonhos por cumprir, e os seus vulcões atrozes são as paixões do mais turbulento e ímpio coração!" O fulgor do astro, a sua beleza irisante, é o signo sinal da incompletude da palavra criadora, palavra desejante; o astro furibundo, a sua *terribilità*, é o signo sinal da palavra destrutiva. Prefiguração, no texto de Poe, daquela destruição que é Beatriz dos modernos? Seja como for, a imagem pode ser uma entrada, pelo contraste produtivo, na poesia e poética de *Os Dias* de Weydson Barros Leal, caso seja lido, como proponho, como livro-orbe, livro-firmamento de poemas, séries de poemas, imagens fulgurantes, que nascem e explodem, por ignição e extertor, na superfície da página. Eis, neste sentido, a imagem guiadora do primeiro poema do conjunto, "O Visitante", figura textual e alegórica de uma visitação *visionária* como o é a viagem astral de Oinos e Agathos no texto de Poe: "É o livro improvável | da história dos planetas: | em seus cálculos não há previsão | para o nascimento das órbitas, | apenas um plano | para o desenho de um jardim". Visitação *visionária*, em rigor, que é modo poético da escrita de Weydson Barros Leal, e pode também ser o modo da leitura de um leitor de poesia — veja-se, neste particular, os poemas "A Leitora" ou, mais amplamente, "A Visão". A escrita e a leitura, no fundo, como sublevação dos sentidos, da consciência — a atenção tensada pelo estertor e pela ignição a que já me referi.

Os Dias é um "livro improvável", sim. Como se prova, como pôr à prova, um livro de poesia? Mais ainda, é "livro improvável" como máquina do mundo, agora que o mundo se move como computação, como "cálculo" — e por aqui se poderia pensar o valor 'político' desta poesia de Weydson Barros Leal — neste livro, um valor menos movido pelo testemunho, como pode ser o que temos na série "As Sombras da Luz" de *O Ópio e o Sal*, em homenagem a Biko, Mandela e Moloise —, modelo de sublimação que se distingue da abstração da economia discursiva do *logo*, com a vênia de Fredric Jameson, por supor esta um movimento autônomo sem tatuagem da melancolia. Objeto sublevado no tempo, não propõe a prognose nem do passado, nem do futuro, como se estas dimensões se movessem descrevendo "órbitas" determinadas por uma origem e uma teleologia. Tudo isto, a bem dizer, define *Os Dias* de Weydson Barros Leal pela negativa. O modelo afirmativo pelo que responde, então, será o do "plano" e o do "desenho". Como livro, por um lado, é um "plano" na medida em que é um ato em potência, aquém e além da sua atualização. Por outro lado, a "desenho" concederia algumas das valências semânticas do *disegno* nas estéticas de matriz maneirista do alto renascimento: ideia, traçado projetivo. Mais ainda: um "plano para o desenho", se aparenta, com consequências, uma redundância, pode, contudo, emaranhar-se se consideramos que "plano" aluda a 'superfície lisa'; ou tenha mesmo, o que não é de descartar, um sentido cinematográfico. Enfim, o livro *Os Dias* como "plano para o desenho de um jardim" tem nas ressonâncias simbólicas do "jardim" a vibração de uma utopia sem conteúdo, a pura abertura da Arte como atenção amplificada para o mundo. Ou, nos versos do poema "O Visitante" de *Os Dias*, a Arte, por sinédoque, como a arte musical de "escrever sinfonias, | uma forma de humanismo | além do amor pelo outro". Uma simbólica do "jardim" que, enfim, é retenção de uma infância perdida: "De minha infância, | Trago o silêncio de insuspeitados jardins" ("Infância", *A Música da Luz*[3]). A poesia, numa outra descrição possível, como jogo infantil, como jogo mítico, a poesia como mito: "Habita minha lembrança, | como agora, no papel, | o gesto de uma criança | brincando com seu cinzel" ("A Estrada", *A Quarta Cruz*[4]).

O livro *Os Dias*, de modo conspícuo já no título, insiste na dominante cronográfica da poesia de Weydson Barros Leal. O conjunto inclui o poema "As Manhãs", o

---

[3] A Música da Luz, *in Os Ritmos do Fogo*, Topbooks, 1999.

[4] *A Quarta Cruz, op. cit.*

ícone matinal concedendo forma aos cronótopos intersticiais que dão conta da passagem do tempo, do trânsito inexorável. Aliás, a obra poética publicada do autor do excelente *A Quarta Cruz* reúne um número considerável de poemas cujos títulos aludem ao tempo dos relógios, ao tempo cosmológico — veja-se, por exemplo, "A Semana" (*O Aedo*), "As Dobras do Dia" (*O Ópio e o Sal*) ou "Manhã de Outubro" e "Este Dia" e "Setembro" (*O Silêncio e o Labirinto*). Ora, é um lição antiga, neste poema longo "As Manhãs", a que dimana aí da figura de uma "garganta de elevador", um conduto maternal e ecóico — "em dias como esse", etc. —, espécie de voz reprovadora do trabalho negativo da memória: "talvez esta fosse a primeira lição da infância: | o tempo irá pesar | como se de algo sempre te arrependesses". Estimulantes dicotomias colapsam aqui — isto é, têm aqui o seu colapso —, entre elas a que sustenta a dialética entre memória e esquecimento, travejamento maior da obra completa de Weydson Barros Leal. De fato, como se insiste, num outro poema de *Os Dias*, "O cercado dos ossos", "talvez o esquecimento | seja o lado cego do espelho | talvez o seu carvão | seu inverso aceso". Igualmente a contumácia de uma espécie de 'culpa' a exigir arrependimento por parte do sujeito poético, consciente talvez de que a passagem do tempo, a cronofagia, o impele a uma 'memória amnésica', isto é, lhe concede uma consistência precária como individuação numa posteridade que sempre esquece no ato de lembrar: daí, em rigor, o 'como se' de uma 'culpa', daí que a poesia acabe por ser uma dívida impagável com o vivido ameaçado.

Sobretudo, voltando a "As Manhãs", aponto a sutil dissonância dos versos já citados: não apaziguam uma certeza quanto à inclusão ou exclusão da infância nessa "primeira lição". A qualidade temporal da infância é já figuração ou ainda prefiguração da passagem do tempo? Ou seja, situa-se aquém ou além de temporalidade entendida como passagem, definindo-se por uma temporalidade de predicados míticos cuja anterioridade ontológica se projetaria com fulgor amarelento, débil, sobre uma posterioridade crônica e crítica, ou seja, que dela pode extrair uma "primeira lição"? Ou, pelo contrário, é já na e da infância a temporalidade entendida como passagem, como cronofagia, uma lição que se não sabe, pois seria essa insciência que se refrataria como "primeira lição", sintagma assim equívoco pois nomearia, antes, uma lição segunda? Tocamos, quero crer, o cerne ósseo desta poesia — veja-se, aliás, a pregnância da analogia do 'osso' no conjunto de poemas deste livro que tem por título, justamente, "O cercado dos ossos", ampliando "O cálice de ossos" de *Os Círculos Imprecisos* —, uma poesia que dispõe lado a lado um tempo crônico — dos 'relógios' ou dos 'calendários', motivema muito produtivo na obra de Weydson Barros Leal: o "tempo que gerou os calendários" ("O Pássaro Nu", *O Aedo*) — e um possível e impossível 'fora do tempo': a temporalidade que define o 'momento' da Arte, neste poema, com amostra do cinema a valer por outras artes, entre elas, em abismo, o própria poesia, o próprio poema, exemplarmente conformado no poema "Um Instante Fugaz", de *Os Círculos Imprecisos*. Leia-se, então, subtraída ao poema "As Manhãs", aquela que pode ser entendida como uma cena primitiva da afeção estética: "no cinema da escola | aquele filme também era para ti, Carol Boger, quando tocávamos nossos braços | sentindo o corpo tremer | porque não entendíamos o velho enredo". Cena primitiva, desde logo, de todo um conjunto de poesia amorosa que a obra de Weydson Barros Leal averba, e em que reverbera algum *furor eroticus* de matriz 'clássica', com especial interpelação de uma "mulher azul" — "Ela é a música e a alegria de um lugar que não se esquece" ("Poema para uma mulher azul", *A Música da Luz*[5]) —, aqui recapitulado nesta hipnose dos corpos.

Seja como for, a cena é memória infantil, experiência tátil, diálogo intersubjetivo — ou melhor, de comunhão de corpos convulsos — que dispensa a palavra e a sua função de fazer mundo, isto é, de produzir narrativa. O tremor do corpo supõe, dir-se-ia, e como lemos, a suspensão do entendimento do "velho enredo". A poesia será esse engenho que emaranha uma narrativa, responderá por essa "Lei" aguda que o conjunto homônimo de dísticos do livro *O Ópio e o Sal* arranjam e desmancham: no primeiro dístico lemos "Para um fim | um começo" e, fechando o poema, composição que sugere uma fita de *Moëbius* barroca, "Para um começo | um fim". Uma lei que, enfim, determina também a con-fusão da tradução moral da existência humana: "Triste toda a alegria e | toda tristeza | porque não são perenes, | por fundirem-se | uma noutra, | como as estações" ("Paix", *O Aedo*). Uma tópica, a da tristeza alegre, que modula a tonalidade elegíaca da poesia de Weydson Barros Leal.

Assim, o sujeito diz-se a si mesmo como esse exercício de memória que conjura um instante de tremor e de insciência,

[5] A Música da Luz, *in Os Ritmos do Fogo*, Topbooks, 1999.

e como que encontra nesse evento singular o valor transcendental da Arte, da atemporalidade do estético, ao ser negação da história, determinada e situada, que não foi ou já não é. É o caso, muito notório no poema "As Manhãs" de uma 'América' como utopia que viesse a ter caução no tempo histórico. A matéria, agora revisitada em *Os Dias*, provém dos primeiros livros de Weydson Barros Leal, nomeadamente de *O Aedo*. Se nesses idos da pós-ditadura e do reaganismo, o poeta formula em palavras unívocas que "há um sistema de cárcere na américa | que não deveria durar", o sujeito lírico neste livro *Os Dias*, regressando sobre aqueles passos, afirma negativamente que "não voltará" para a 'América' que não é — enfim, decerto nunca o foi, aquele sonhado, e com whitmaniano, "poema longo | de longa revelia | à guisa dos mortos" de que se fala em *O Aedo* — a de, entre outros, Jackson Pollock, George Gershwin, Wallace Stevens, Hart Crane, William Carlos Williams, Allen Ginsberg, Jack Kerouac ou William Burroughs. A enumeração não se esgota aqui, em *Os Dias* chama a atenção uma espécie de listagem obsidiante de afinidades eletivas, que incluem criadores de diferentes âmbitos — poesia, obviamente, mas também cinema, música erudita, artes plásticas —, recapitulação do Museu Imaginário — poderosa figura, como se sabe, cunhada por André Malraux — consequente com aquele passado como "ordem simultânea" que notabilizou T. S. Eliot num conhecido ensaio. O sujeito, assim, é o lugar de passagem e visitação desse passado da Arte, revisitado e percebido, também na esteira eliotiana, como 'tradição', isto é, como algo que se joga na dialética entre obsolescência e sobrevivência. Como no cinematógrafo infantil, o sujeito poético, o poeta, instancia a Arte como tremor e insciência; também ele, enfim, necessariamente a suspende como "velho enredo" para que ainda seja presente. Entre os primeiros livros e *Os Dias*, algo acontece na modelização desta 'América' como utopia. A anástrofe "não voltarei" subsume a conjunção de uma utopia da Arte e uma utopia político-social — nos idos de *O Aedo* conjunção ainda determinada por um paradigma histórico: "um futuro chegará para | respirar o infinito como o vento" — à dimensão puramente virtual ou potencial da Arte. O mecanismo, em rigor, é complexo, e não é outro que "o mecanismo da memória e seus redemoinhos de cruzes, | quando algumas são lembradas | e outras não têm sequer uma verdade". Atente-se para o achado linguístico com que Weydson Barros Leal aqui nos confronta. Pareceria, num primeiro momento, que a memória obedecesse a um funcionamento maquinal, como se se tratasse de um mecanismo — cujo sentido ou coerência se pudessem objectivar —; num segundo momento, a figura do "redemoinho de cruzes" sublinhará, não obstante, a complexidade da máquina, dir-se-ia, uma máquina de emaranhar — e a 'cruz', sublinho, a trazer à retentiva o instigante trabalho sobre o imaginário bíblico que vem da obra anterior; enfim, num terceiro momento, o mais difícil do meu ponto de vista, aponta-se a disfunção do mecanismo, afinal incoerente e sem sentido. Ao dizer poeticamente "quando algumas são lembradas | e outras não têm sequer uma verdade", aparentemente teríamos um exercício intelectual que distinguisse dois conjuntos, o das (algumas) lembranças com alguma verdade, e o das (outras) que nem sequer contêm qualquer verdade. Todavia, a quebra do verso admite, também, a possibilidade de alusão a um conjunto apenas: as *algumas* lembranças são *outras*; isto é, na sua *outridade* não são verdade. Retroagindo sobre o "redemoinho de cruzes", esta anfibologia mostra que, afinal, o "mecanismo da memória" é uma mecânica perversa, sem coerência nem dirigida a fins. Uma ficção, pois. A Arte como ficção, justamente.

O afeto à poesia, certamente indiscernível do seu profundo conhecimento, o ter feito do amor à linguagem uma 'forma de vida', soma o poeta Weydson Barros Leal a uma seleta constelação poética em língua portuguesa — com reverberações do pulso brasileiro e do pulso português — veja-se, por exemplo, o exercício do soneto e da dicção épica, com alguma retenção camoniana, no livro *O Aedo* —, mas também anglo-americano (Auden, Ashberry, Williams, Eliot, Dylan Thomas...), hispânico (Vallejo, Borges...), francófono (Baudelaire, Mallarmé, Rimbaud, Apollinaire, Saint-John Perse...) ou a germânico (Goethe, Rilke, Walser...), entre outros —, conjunto de 'tocados pelas letras' (*lletraferits, letraheridos*) mediante os quais ainda somos tocados por essa energia crepuscular, esse motor de intensidades sensíveis e intelectuais a que chamamos Poesia. Dir-se-ia, neste sentido, que na obra do autor de *Os Dias* a memória de uma infância individual, mas também coletiva, e as palavras da sua combustão, nos devolvem 'formas de vida' ainda tocadas por essa 'eternidade de uma infância' sempre distante. Como origem e vazio de origem, as modulações dessa infância e suas figuras são alegorias de um modelo de subjetivação que sente que é inevitável perder o futuro e, com ele, a possibilidade de um sentido unívoco para o passado e de uma ocupação do presente que não seja 'desassossego'. Em "Os Grous de Íbico", do livro *Os Círculos Imprecisos*, três escassos versos concedem uma imagem plástica a isto mesmo: "estrela a infância de onde nos chega esta luz | está morta longe | brilham ainda seus dentes". A obra de Weydson Barros Leal é a alegoria — a *facies hipocratica* do ato criativo, como formula Walter Benjamin em *Rua de Direção Única* — de algo tão tangível, mas ao mesmo tempo inapreensível, como a 'experiência vivida', uma experiência que podemos entender, precisamente, como forma de infância ou "pátria original do homem", como recordou recentemente Giorgio Agamben. Dessa experiência, restam apenas ruínas incandescentes, sem princípio harmônico, porventura sobram tão somente os traços de uma vida a esvair-se, sintagma que nos proporciona uma espécie de síntese de que se vai fazendo tarde, cada vez mais tarde. Isto é, sobrevive um balanço, uma oscilação crepuscular cifrada em palavras tardias cuja cadência, cujo ritmo — o "ritmo do fogo" —, talvez *toque* a posteridade, ainda mais tardia. Enfim, o agonismo do último a que move a máquina da escrita — agonismo que *Os Dias* representa (tematiza) e aponta (*in actu*) —, é um problema interessante para pensar e continuar a pensar na medida em que, como formulou Derrida em *Papier Machine*, se inscreve na incerta ontologia do penúltimo. O último, em rigor, é o penúltimo. Eis os trabalhos e *Os Dias* de Weydson Barros Leal.

Este livro foi impresso na Edigráfica.